AF454924

1898 - Avril - 26

VENTE
Du Mardi 26 Avril 1898
HOTEL DROUOT, SALLE N° 5
A DEUX HEURES UN QUART

BELLES
FAIENCES ANCIENNES
Françaises et Étrangères
PORCELAINES DE CHINE ET DU JAPON
Formant
LA COLLECTION DE M. M***
JOLIE PENDULE DE L'ÉPOQUE LOUIS XVI
TABLEAUX MODERNES
et Anciens
DESSINS, OBJETS DIVERS

Me CH. DUBOURG
Commissaire-Priseur
42, R. des Petits-Champs, 42

M. A. BLOCHE
Expert près la Cour d'Appel
28, Rue de Châteaudun, 28

EXPOSITION PUBLIQUE
Le Lundi 25 Avril 1898
De 2 heures à 6 heures

CONDITIONS DE LA VENTE

La vente sera faite *expressément* au comptant.

Les aquéreurs payeront en sus des adjudications *cinq pour cent.*

L'exposition mettant le public à même de se rendre compte de l'état des objets, il ne sera admis aucune réclamation une fois l'adjudication prononcée.

Paris. — Imprimerie Ménard & Chaufour, 8-10, rue Milton

DÉSIGNATION

ANCIENNES FAIENCES DE ROUEN

1 — Grand et beau plat rond, décor polychrome à guirlandes et lambrequins.

2 — Grand plat rond, décor en bleu à rosace et lambrequins

3 — Grand plat rond, décor polychrome à corbeille fleurie et ornements.

4 — Plat oblong, décor polychrome à la corne tronquée.

5 — Deux assiettes, décor à la corne.

6 — Aiguière forme casque, décor à ornements en bleu.

7 — Fontaine avec couvercle et bassin, décor polychrome à guirlandes et ornements.

8 — Théière, décor à la corne.

9 — Brûle-parfums, décor polychrome à la pagode.

10 — Bannette, décor délicat au carquois.

11 — Soupière, décor à la corne.

12 — Ecuelle, décor à la corne.

13 — Plat à barbe, décor polychrome a gerbe fleurie, bords parties quadrillées.

14 — Deux petits compotiers, décor au carquois en polychrome dont un signé : DIEUZE

15 — Compotier, décor à la corne.

16 — Pichet, décor polychrome avec médaillon à figures de saint Pierre et inscriptions au dessous.

17 — Surtout, décor à lambrequins en bleu.

18 — Assiette, décor à la corne tronquée.

19 — Deux petits lions assis, décor polychrome.

20 — Aiguière forme casque, décor en bleu.

21 — Poudrière à sucre, décor à lambrequins en polychrome.

22 — Assiette, décor au chinois en polychrome.

23 — Assiette, décor à la corne avec oiseaux.

24 — Plat décor à la pagode bords partie quadrillée en polychrome.

25 — Compotier, décor à la corne.

26 — Assiette même décor.

27 — Porte-huilier, décor à branches de fleurs en polychrome.

28 — Compotier décor en bleu à fleurs et lambrequins.

29 — Assiette, décor à médaillons : Sujet Watteau et ornements en bleu et polychrome.

30 — Assiette, décor à fleurs avec médaillon rocaille et vase fleuri.

31 — Assiette polychrome, décor corbeille fleurie et lambrequins.

32 — Assiette décor polychrome avec corbeille et cornes fleuries au centre.

33 — Assiette, décor à vases fleuris.

34 — Plat oblong, décor à la pagode avec chimère et papillons.

35 — Grand plat, décor polychrome au léopard avec fleurs et oiseaux.

36 — Plateau rond sur pieds, décor bleu par rayons.

ANCIENNES
FAIENCES DE MOUSTIERS

37 — Deux assiettes, décor à armoiries en polychrome.

38 — Assiette polychrome, décor d'après Callot, chasseur et chimère.

39 — Plat oblong, décor d'après Bérain en bleu.

40 — Assiette décor à médaillon à figure allégorique à la Musique, bords à guirlandes.

41 — Sucrier avec plateau et cuillère, décor à fleurs.

42 — Couvercle de soupière, décor sujets petits amours dans des paysages et fleurs.

43 — Assiette à médaillon Diane chasseresse en polychrome, bordure à guirlandes en jaune.

44 — Assiette décor délicat à personnages, marine et ornements.

45 — Plat décor à grotesques en polychrome d'après Callot.

46 — Assiette décor d'après Callot en manganèse et jaune.

47 — Assiette décor amours dans un paysage.

48 — Plat à sujets Bérain en bleu.

49 — Saucière et plateau, décor à fleurs.

50 — Écuelle, décor à fleurs.

51 — Deux plats oblongs, décor rare à marines et personnages, bords à ornements et coquilles.

52 — Poudrière à sucre, décor à guirlandes en bleu.

53 — Plateau sur piédouche, décor d'après Bérain en bleu.

54 — Seau décor à médaillons, sujets mythologiques et guirlandes.

55 — Assiette, décor à médaillons : Hercule et Cerbère.

56 — Assiette, décor à médaillon ADONIS.

57 — Assiette, décor sujet de chasse d'après TEMPESTA.

58 — Poudrière à sucre, décor très fin à ornements Bérain.

59 — Deux bouquetières, décor à médaillons à personnages, encadrements rocailles en vert.

ANCIENNES
FAIENCES DE NEVERS

60 — Vase à deux anses tortillons, décor à personnages en bleu.

61 — Potiche, décor au Chinois en bleu.

62 — Potiche, décor en bleu à sujets chinois.

63 — Hanap, décor en bleu à sujets chinois.

64 — Saladier, décor à figure en polychrome.

65 — Gourde, décor à fleur dans le goût chinois.

66 — Plat, fond bleu, décor en blanc à fleurs et oiseaux.

ANCIENNES
FAIENCES DE SINCENY

67 — Bouquetière à deux compartiments, décor polychrome à fleurs.

68 — Saucière avec plateau, décor à fleurs.

69 — Sucrier, décor à fleurs.

70 — Compotier, décor polychrome au Chinois.

71 — Petite bouquetière carrée, décor à fleurs, bordure à hachures.

ANCIENNES
FAIENCES DE MARSEILLE

72 — Assiette, décor à fleurs en polychrome.

73 — Plat oblong, décor à fleurs.

74 — Trois assiettes fond jaune, décor à fleurs.

75 — Saucière avec plateau, décor à fleurs.

ANCIENNES FAIENCES DIVERSES
FRANÇAISES

76 — Porte-huilier de Strasbourg, décor à fleurs.

77 — Bouquetière, décor à rocailles ajourées de Strasbourg.

78 — Plat ovale de la suite de BERNARD PALISSY, représentant : le baptême du Christ.

79 — Figurine en faïence de Lorraine : la Vielleuse.

80 — Assiette de Sceaux, décor à paysage en rose.

81 — Assiette d'Aprey, décor à oiseaux.

82 — Deux assiettes de Saint-Omer fond bleu. décor en blanc.

83 — Vase de Saint-Omer, fond bleu décor blanc et jaune à fleurs.

84 — Deux bouquetières de Niederwiller, décor à fleurs avec chiffre et couronne.

85 — Jardinière de Montpellier, décor à fleurs, monture bronze doré.

ANCIENNES FAIENCES
ITALIENNES

86 — Plat de Castel-Durante avec figure de saint Paul entourage à compartiments.

87 — Plat de Castel-Durante décor bleu médail-daillon à personnage, bords truités. Date 1596.

88 — Deux petites assiettes de Castelli, décor paysages.

89 — Grand plat d'Urbino, à ombilic armorié marly et bordure Raphaëlesques.

90 — Coupe sur piédouche d'Urbino, médaillon amour au centre, entourage raphaëlesque.

91 — Assiette de Savone décor bleu : nymphe et enfants.

92 — Plat de Castel-Durante à figure de Saint-Pierre.

93 — Salière d'Urbino formée par une figurine de femme.

94 — Deux grands plats de Savonne décor personnages en bleu.

95 — Plat d'Urbino décor à médaillon allégorique à la Pêche, au revers offrant des enfants tritons dans les flots de la mer.

96 — Aiguière de pharmacie de Castel-Durante décors à ornements en polychrome.

97 — Grand bénitier d'Urbino, décor en relief à personnages du Nouveau Testament et ornements.

98 — Vase avec couvercle de Venise fond couleur chocolat, médaillons à sujets chinois dans des paysages en polychrome.

99 — Petit plat de Castelli, décor à paysage.

100 — Deux salières d'Urbino à cariatides, décor raphaëlique.

101 — Plat de Castelli, décor représentant une promenade en bateau, bordure à amours et ornements.

102 — Plaque de Castelli, décor paysage.

103 — Assiette de Castelli, décor à figures.

104 — Coupe sur piedouche en faïence Italienne, décor polychrome.

105 — Assiette de Castelli, décor cavaliers, fleurs et ornements.

106 — Petite coupe de Deruta, décor à reflets métalliques : Saint en prière.

ANCIENNES FAIENCES DIVERSES
ÉTRANGÈRES

107 — Trois plats hispano-arabes, décor à reflets métalliques.

108 — Pichet hispano-arabe, décor à reflets métalliques.

109 — Six plats de Rhodes, décors variés.

110 — Plat de Delft, décor à figures en bleu.

111 — Assiette de Delft, décor à fleurs et ornements en bleu.

112 — Compotier de Delft, décor à lambrequins en bleu.

113 — Grand plat de Delft décor fleurs et oiseaux, bords cotelés.

114 — Assiette de Delft décor à la foudre.

115 — Deux assiettes de Delft décors à fleurs.

116 — Vache de Delft, décor polychrome.

117 — Magot assis en Delft, polychrome.

118 — Deux bas-reliefs en argent représentant des autels avec dais, des anges et des armoiries.

119 — Bas-reliefs argenté.

ANCIENNES PORCELAINES
DE L'EXTRÊME-ORIENT

120 — Vase à deux anses de Chine, famille verte, décor à paysages.

121 — Plat rond de Chine, famille verte, décor à personnages.

122 — Deux plats de la famille rose, décor différent à fleurs et ornements.

123 — Cinq assiettes de l'Inde, décor en grisaille relevée d'or à sujets inspirés des cartons de l'école française du XVIIIe siècle.

124 — Deux assiettes de la famille rose, décor à fleurs et vases.

125 — Deux assiettes, décors en émaux de la famille verte.

126 — Compotier de la famille verte, décor médaillon et rayons à personnages.

127 — Quatre petites potiches ou flacons à thé, de Chine, décors variés.

128 — Pot à crème de l'Inde, décor à personnages fond truité.

129 — Potiche en vieux Japon, décor fleurs et oiseaux en polychrome rehaussé d'or.

PENDULE

130 — Très belle pendule à cadran tournant de l'époque Louis XVI, représentant un temple. La base est en marbre blanc, les colonnes en cristal ton bleu de Sèvres, surmontées de chapiteaux en bronze ciselé et doré, le mouvement est visible, et une mouche sert d'aiguille, le haut de la pendule est ornée d'une pomme de pin et de feuilles d'accanthe, une petite statuette en biscuit se trouve entre les quatre colonnes en cristal. (Modèle que l'on croit unique).

TABLEAUX, DESSINS, GRAVURES

COURBET

131 — *Rivière avec rochers sous bois.* Signé.

132 — *Le ravin.* Signé.

133 — *Daim se désaltérant dans une rivière au milieu des montagnes.* Signé.

134 — *Le vieux Château.* Signé.

135 — *Plage avec rochers à marée basse.....*

DUPRÉ (Victor)

136 — *Grand paysage avec troupeau de vaches à la baignade.* Signé.

DAUBIGNY (Karl)

137 — *Bords de rivière.* Signé et daté 1874.

138 — *Rivière dans un paysage montagneux,* Signé.

DELPY

139 — *Harengs sur le gril.* Signé et daté 1870.

DUMOULIN (Louis)

140 — *Vue de Paris.* Effet d'hiver.

DELORT

141 — *Cavaliers.* Étude.

DELLA BELLA

142 — *Ruines avec figures.* Deux pendants.

KAREL DUJARDIN

143 — *Muletier et ânier conduisant un troupeau de moutons.*

LEBRUN

144 — *Les femmes de Darius implorant la clémence d'Alexandre.*

RAGOT (Jules)

145 — *Vase de fleur.* Signé.

ÉCOLE FRANÇAISE

146 — *Histoire de Paul et Virginie.* Suite de quatre jolies gravures anciennes en couleur.

ÉCOLES FRANÇAISE & FLAMANDE

147-156 — Dix dessins rehaussés de couleur. Encadrés.

157 – Miniature portrait d'homme. Cadre en or.

158 — Objets omis.

www.ingramcontent.com/pod-product-compliance
Ingram Content Group UK Ltd.
Pitfield, Milton Keynes, MK11 3LW, UK
UKHW021041260726
13994UKWH00005B/2294

9 782329 448619